RELAZIONI

DEL

PRIMO VIAGGIO ALLA LUNA

fatto da una donna

L'ANNO DI GRAZIA 2057

PER

ERNESTO CAPOCCI

Edizione originale

NAPOLI

1857

Diritti d'autore: no
Copyright del testo: opera di pubblico dominio
Impaginazione e copertina: Paolo Ganzerli
Stampa (per il cartaceo): Amazon
Anno: 2023

Lo scopo di questa pubblicazione neutra è quello di diffondere il più possibile questa importante opera nella sua versione originaria (sono stati corretti minimi errori ortografici, ma lessico e spazi della versione originale sono stati fedelmente mantenuti) a condizioni accessibili a chiunque, dandole una nuova veste grafica che possa impattare anche sul lettore più giovane.

L'unica cosa che ci sentiamo di chiederVi è una piccola recensione su Amazon, che ci permetterebbe di continuare a diffondere cultura senza imbrigliarci in logiche commerciali e di mercato che, proprio con la cultura, dovrebbero avere poco a che fare.

Grazie!

Principio dal principio, poiché in questo caso si avvera appunto l'opposto del comune adagio: *la coda è la più dura a rodere,* stanteché il punto più difficile e pericoloso era, come udirai, quello della partenza! Non parlo della piccola traversata a fior di terra sull'aerostata, il *Giordano Bruno,* da Napoli all'Antisana nelle alte regioni equatoriali del *Nuovo Mondo,* come lo chiamavano i nostri buoni padri. Questi piccoli viaggi, da che si è tanto avvantaggiata l'applicazione del gaz acido carbonico liquefatto alla dinamica, da aver macchine che con lo stesso peso svolgano una potenza tripla di quella del vapore, il problema della direzione di questi veicoli aerei è divenuto di soluzione agevolissima, e cosiffatti viaggi oramai ovvii non offrono più veruna difficoltà, e ben poco interesse. Ma al giungere in vetta a quel gran vulcano estinto, rimasi veramente ammirata delle grandiose costruzioni ivi erette dalla *Compagnia della Luna,* donde essa invia, o per dir meglio slancia i suoi convogli, per evitare l'effetto della resistenza dell'aria in un luogo più basso, a questa lontana colonia. È una specie d'immensa fortezza tutta bastionata da disgradarne le Sebastopoli, le Cronstadt, le Gibilterre, e quante altre meravigliose costruzioni di simil fatta che la malintesa civiltà (sia detto con lor pace) dei nostri maggiori elevava per esercitarsi in così ampia scala alla distruzione reciproca. Se non che questa nuova fortezza dell'Antisana, in luogo di aver centinaia e migliaia di piccoli cannoni, ciascuno dei quali era pur buono a spedire con un sol soffio centinaia di quegli eroi ridicoli al mondo di là, non ha che un sol cannone, ma d'una prodigiosa grandezza per inviare in anima e corpo i viaggiatori in quest'altro piccol mondo ove ciascuno prosegue il fatto suo anche meglio che nel primo,

e mangia e beve e dorme e veste panni.

Bisogna convenire che le bizzarrie dello spirito umano han preso una miglior piega nei tempi nostri.

Or come ti dicevo, questo cannone o mortaio che voglia dirsi, è veramente un mortaio mostro. Basta dire che si è dovuto fondere entro la terra, nella precisa posizione verticale in cui dovea adoperarsi, poiché niuna forza umana avrebbe potuto più smuoverlo di un pelo, dopo fattone il getto. E a vederlo, amica mia, una cosa spaventevole, un pozzo di metallo, uno speco, un baratro che fa arricciare i capelli, pensando massimamente che dee slanciare una palla grande quanto quella che è in Roma, in cima alla cupola di S. Pietro, e che a questa palla, spinta da quella gran bocca d'inferno, è congiunta la corda che dee sbarbicarci dalla terra, e rimorchiarci negli spazii celesti.

Intanto, ora che tutto è andato per lo meglio e siam giunti a salvamento, sono lieta oltremodo di riandare il gran pericolo corso, e quasi orgogliosa di averlo superato tanto felicemente. Veniamo al fatto: tutto era apprestato per la partenza; il cannone mostro caricato sino alla bocca; la nostra piccola arca di Noè, grande quanto il tuo gabinetto da studio, fornita di grandi lastre di cristallo trasparentissimo, tuttocché doppie almeno tre pollici che ci lasciavan libera la vista da ogni banda, era compiutamente provvista dell'occorrente, compresi sei uomini che formavan tutto l'equipaggio del nostro bastimento celeste! Le provvigioni da bocca per altro ingombravano poco spazio, poiché questi poveri giovani erano stati eterizzati, col nuovo metodo, e si dovevano risvegliar nella Luna alla fine del viaggio, cioè dopo otto giorni, senza aver più bisogno di cibarsi una sola volta, neanche di aria, ch'era la derrata più importante a trasportarsi, giacché come sai, un uomo in quello stato letargico ha tanto bisogno di rinfrancarsi col respiro e colla nutrizione, quanto ha bisogno di corda un oriuolo che non cammina. Tutto era ingombro di cronometri, anemometri, termometri, bussole, cannocchiali ecc. da ridurre quasi a zero lo spazio concesso alle poche indispensabili suppellettili della mia toeletta: pazienza! Or dunque la nostra nave era congiunta con una gomena di singolare artifizio al proiettile che coronava la bocca del gran mortaio. Questa gomena dice Arturo, è il più gran trionfo della meccanica moderna, poiché era sembrato al tutto impossibile darle a un tempo la leggerezza, la elasticità e la forza onde reggere all'immenso impulso del proiettile, e comunicare il moto alla nave senza spezzarsi. Era di poco passata la mezzanotte, e la nostra cara Luna, che si trovava in sul primo quarto, già era sparita a occidente dall'orizzonte. Intanto noi eravamo in sul punto d'esser lanciati a perpendicolo verso il bel mezzo del cielo, eppure ci proponevamo di andar dritto alla Luna! Io non sapea darmi ragione di questa nuova specie di balistica, ma aveva piena fede nel mio astronomo artigliere, che mi assicurava con un certo ghigno scherzevole (non troppo piacevole per verità nell'ansia in cui io era) che fatto esatto computo del moto del proiettile, e del nostro satellite, avea preso sì ben la mira, da andar giusto a colpirlo di punto in bianco nel mezzo. Amen! E così è stato fortunatamente per la mia e per la sua nuca!

Ed ecco che si dà fuoco al mortaio, (ci eravamo turate le orecchie con gutta percha per non rimaner sordi da quello scoppio) l'enorme palla parte e tosto tirandonesi dietro c'imprime una velocità incredibile. Allora confesso il vero, passai de' momenti orribili, e caddi cred'io per qualche tempo in deliquio; e maledissi la mia caparbietà, nel non aver voluto eterizzarmi, come egli mi avea pregata, per sottrarmi a quei palpiti; tanto più che il nostro chiusino avea preso un certo moto vorticoso da far venire proprio le vertigini. E quando fatto giorno (cioè fatto per noi, già elevati abbastanza da veder il sole fuori la curvatura terrestre) io vedeva chiaro ciò che mi stava attorno, io non vedeva nel volto del mio Arturo niente di rassicurante! Egli tutto affaccendato co' suoi strumenti, non si curava punto di me, né volea che parlassi, e respingeva bruscamente i miei amplessi e le mie carezze.

Difatti ora lo riconosco! Il poverino non aveva torto. Noi eravamo soli nell'aere come due colombi, ma i mezzi di volare di quelle amorose bestioline sono ben più semplici dei nostri, ed egli che avea esclusivamente il carico di volar per entrambi, se non aiuto da me, non voleva almeno impaccio. Io intanto mi desolava, angosciava.... il mio respiro era divenuto celere ed affannoso, il cuore e le tempie parea che scoppiassero, ed il brivido ed il gel della morte già invadea le mie membra. Se durava ancora un tratto quel penosissimo stato era bella e finita per me: invece del viaggio alla Luna, avrei fatto il mio ultimo viaggio. Ma fortunatamente, come per incanto, cangiò la scena in un subito: la sua faccia si serenò, essendo, come diceva, cessato il pericolo; ed accortosi che oramai non dovevamo più far conto che nelle proprie risorse, per la grande rarefazione dell'aria e il gran freddo delle regioni che percorrevamo, chiuse ermeticamente le finestre, e col semplice volgere dei manubrietti del calorifero e del serbatoio dell'aria compressa, introdusse nella stanza aria e calore sufficiente a ristorarmi compiutamente. Allora la reazione dello sgomento e del malessere cessato, mi spinse all'altro eccesso; né io avrei parole per esprimerti il mio giubilo, la delizia, l'estasi! Io era veramente in cielo! Il moto vorticoso del nostro chiusino si era scemato di molto, o almeno io mi vi era adusata per modo che lungi dall'incomodarmi, serviva ottimamente a presentarmi intorno il panorama singolare del cielo e della terra, senza brigarmi di volgere la testa. Il Sole, la Luna (la cara Luna, meta dei nostri desiderii!), Venere, Giove e le maggiori stelle si vedevano brillare d'insolito lume, quantunque in pieno giorno, il cielo insomma mi offriva un insolito e sublime spettacolo; avvegnacché, privo del suo bell'azzurro presentava in una vista tutte le meraviglie del dì e della notte! Io vedeva da un lato l'astro sovrano del giorno, radiante ed ancor più dell'usato splendente; nell'interno della stanza era la luce chiara e diffusa del pien meriggio, ma di fuori, dall'altro lato, eran le tenebre di mezza notte! La faccia maestosa dell'antica nostra madre, la Terra, mi rimaneva proprio di sotto, e mi offriva in una successione continua, rotando da occidente ad oriente, la vista dei suoi mari, delle sue isole, e dei suoi continenti, oltre certe zone di nubi parallele all'equatore da farla somigliare molto a Giove veduto nei nostri gran telescopii.

Ci trovavamo allora già elevati forse le mille miglia, e sovrastavamo a perpendicolo sul Pacifico; sicché vedevamo ancora, ma a stento, il nostro Stivale Italiano, che si andava sempre più rivolgendo verso l'oriente al limite dell'emisfero terrestre visibile.... Ma basta su di ciò, ché non è questo il luogo d'intrattenerci sulle trivialità della Terra; proseguiamo la narrazione del viaggio. Ma che debbo io dirti de' sei o sette giorni che succedettero? Nulla, fortunatamente. E dico fortunatamente poiché ne' viaggi, come nel gran viaggio della vita, il tempo più felice è quello che passa con maggiore uniformità e che non diletta punto chi ne legge il racconto.

Noi vivevamo appunto come in un gabinetto nel nostro casino di Portici; non escluse le nostre ore, più o meno regolari di sonno. Se non che quando egli riposava io era desta, e viceversa. Ma i miei sonni erano a discrezione nel mentre che i suoi erano brevi e misurati dall'indice del cronometro. E, cosa singolare, egli pareva che in sonno avesse innanzi agli occhi quell'indice; poiché al punto stabilito, egli si destava da sé, senza attender mai la mia voce che lo avvertisse! I miei sonni per altro se eran lunghi non eran punto tranquilli; ché continuamente era agitata da' più strani sogni del mondo. Ma di questi ti farò grazia, contentandomi di narrarti solo i verissimi accidenti del viaggio, che non son guari differenti da un sogno.

L'unico accidente notevole, che venne ad interrompere il monotono tenore del nostro lungo corso, si fu la subita apparizione di certi corpuscoli opachi che vennero ad investire le nostre lastre, e vi rimasero aderenti, per modo che ne distrussero quasi interamente la trasparenza. Era una corrente di asteroidi, o aeroliti, di quelli che cagionano costà giù, penetrando nell'atmosfera, le stelle cadenti ed i bolidi. Arturo mi diceva, che questi corpuscoli planetari avevano una direzione a un dipresso pari alla nostra; e perciò andavano, per un certo tratto, con noi di conserva. E buon per noi; ché se fosse stato l'opposto, e n'avessimo incontrato uno di gran mole, avrebbe potuto urtare violentemente il nostro naviglio, e ridurlo in ischegge! Difatti non molto dopo, ne passò uno enorme, forse grande quanto il nostro naviglio medesimo, che mi fece rabbrividire dallo spavento. Ma fortunatamente, appunto per la sua gran massa, non si arrestò e passò oltre, liberandoci da un incomodo, e forse pericoloso compagno di viaggio. Io in questo non lasciava mai d'occhio la Luna già ingrandita alla vista mirabilmente, e mi accorgeva con grande soddisfazione, che difatti il suo moto verso oriente sempre più l'aveva appressata alla dirittura del nostro corso; sicché la desiderata carambola con noi non mi parea più tanto difficile.

Ma eccoci finalmente all'ottavo giorno, e noi avevam già compiti i nove decimi del nostro viaggio. Il moto impressoci dal mortaio dell'Antisana si era immensamente ritardato, e quasi al tutto spento. Ma noi già eravam fuori della sfera di attrazione preponderante della Terra ed eravamo entrati in quella della Luna, che principiava a tirarci dolcemente a sé con forza sempre più accelerante. Il mio Arturo era radiante di gioia; io pure gioiva, ma alquanto impacciata ed attonita: poiché e' mi diceva, tutto gongolante, che non rimaneva a far altro che la discesa a perpendicolo solo di un 20 mila miglia di altezza; ed io per verità non la credeva una bagattella. Mi rassicurava per altro una singolarità ch'io sentia nel mio essere: il mio corpo avea per intero perduto la gravità. Io poteva a mio bel talento muovermi pel chiusino anche verso il soffitto sènza più poggiare i piedi sul pavimento! Come se fossi una bolla di sapone o una silfide. Anzi non andò guari ch'io m'accorsi con istupore (quantunque poi trovassi la cosa naturalissima) che decisamente io era tirata, io cadeva, o se vuoi meglio volava verso il soffitto! Sicché per non rimaner in quella grottesca positura col capo in giù, convenne capovolgermi, e fermare i piedi al soffitto, essendo questo veramente divenuto il solaio della nostra stanza. Già comprendi che questa inversione era dovuta all'attrazione della Luna verso la quale oramai gravitavamo; e perciò la parte anteriore, la prua, per dir così, del nostro bastimento ch'era stata la culminante nel venir su dalla Terra, diveniva l'inferiore da che eravam passati a cadere verso la Luna.

Ora bisognava apprestarsi per la discesa. Arturo aveva diseterizzati i nostri giovani, co' quali ci ponevamo a fare una refezione di poche ma scelte ed abbondanti vivande. L'appetito non mancava a nessun di noi, ma essi sembrava che non avessero affatto dimenticato di aver digiunato per otto giorni. Una mezza dozzina di bottiglie del Capo (del nostro Capo di Posilipo, s'intende, che oramai han tolto il vanto a quelle altravolta sì famose del Capo di Buona Speranza) n'avevano esilarati per modo, da sentir tutto il bello e il mirabile della nostra strana condizione, senza badar punto al pericolo.

Ciò non ostante essi si posero ad apprestare le molte bisogne che occorrevano per la manovra della discesa, non difficile (come diceva Arturo) ma complicatissima. Io intanto (data in fretta un'ultima occhiata al nostro pianeta ch'era divenuto un gran crescente lunare, ma sottile come que' che porge la Luna presso del novilunio) era tutta intenta ed assorta allo spettacolo della vera Luna, che mi rimaneva di sotto. La faccia argentea della bella Cinzia mi si offriva come in un cannocchiale di grandezza ordinaria, ma la visione era assai più viva e distinta; oltre a che invece di guardarla per un picciol foro con un sol occhio, io la teneva presente e la godeva liberamente con entrambi i miei occhi spalancati, che non sapevan saziarsene. Essa per altro giunta al suo pieno, sembrava una mappa geografica, non essendo ancor discernibile per la distanza la convessità del suo emisfero, sul quale si proiettavano le parti salienti della sua superficie. Ma pure così di lontano porgeva un grande interesse, raffigurandosi in quell'insieme i tratti principali delle sue formazioni geologiche, (vo' dire selenologiche) i quali più di presso sarebbero sfuggiti tra gli svariati particolari topografici della scabrosissima sua superficie. Essa difatti mostrava a prima giunta una grande analogia con un planisfero terrestre, ma nel tempo stesso una grande e bene scolpita diversità nelle sue parti: le grandi macchie che i nostri antichi aveano qualificato per mari, rassomigliavano veramente ai nostri oceani; ma invece d'inghirlandar le terre (come diceva il nostro Dante) erano da queste cerchiate con certa regolarità che contrastava grandemente con le frastagliate forme oblonghe e sporgenti de' nostri continenti terrestri. Ancora tutta la sua superficie mostrava degli spazi circolari (ellittici poi apparentemente vicino al lembo del disco, per lo scorcio della proiezione), come gli antichi circhi druidici, di tutte le più svariate grandezze, e tanto profusamente sparsi su quelle terre ed anche su i pretesi mari, che mai nostri laghi, o golfi, e tutti gli accidenti della superficie terrestre porgon nulla di simigliante; se pur non voglia vedersene una microscopica miniatura nei vulcani spenti de' campi Flegrei, o in qualche altro breve tratto di suolo eminentemente vulcanico.

La singolarità poi che maggiormente si allontanava dalle apparenze terrestri, erano certe strisce rettilinee albicanti, che partendo da taluni centri, s'irraggiavano intorno a centinaia di miglia distanti, attraversando indistintamente ciò che parea terra e ciò che parea acqua! Il monte di Ticone specialmente, nella parte meridionale del disco, splendeva d'un candor sì vivace, che sembrava un picciol Sole tutto circondato di raggi. Ma nel mentre che questo magnifico spettacolo pungeva tanto la mia curiosità, il nostro moto, che si andava sempre più accelerando, mi poneva a mano a mano in grado di concepir meglio e discernere le forme delle cose che mi avevano colpita ed imbarazzata più lungi;

ma nuovi oggetti più minuti venivano a pormi in nuova curiosità, e questi pure, col maggiore appressarci, venivano raffigurati e compresi.... Era una serie di continue aspirazioni, che davan tosto luogo ad altre successive aspirazioni a misura che venivano soddisfatte. I miei occhi erano in ammirazione continua di tante strane ed inusitate novità; io era in estasi e quasi quasi in delirio. Chi potrà ridirti il piacere, la gioia, la maraviglia quando giunti all'altezza di sol dieci miglia, alla vista (a volo di uccello) di questo altro mondo. La mia emozione era al colmo, e volea ricorrere ad Arturo, ma... allora mi avvidi, che il nostro correre era divenuto precipitosissimo, ed egli avea ben altro a fare che dar retta alle mie ciance. Difatti allora ci trovavamo in un altro momento critico, e pericoloso quasi quanto quello della partenza. Ma tutto era stato sapientemente disposto; e mi accorsi con meraviglia, che avevano disciolto la gomena che ci avea tenuti legati al proiettile, ed avevano, non so come, dispiegato sul nostro chiusino una specie di baldacchino, un paracadute insomma, che ritardava alquanto la nostra corsa.

Allora salimmo per la botola ch'era in cima della nostra stanza, ed uscimmo fuori in una navicella assicurata al paracadute, o per dir meglio al pallone che stava più in su, e ch'io, perché nascosto dal paracadute medesimo, non peranco avea visto. Il nostro chiusino pur distaccato da noi, ne precedeva precipitando velocissimo, dietro la palla, che già era giunta in terra; ed esso pure tosto toccò il suolo, e si ridusse il poveretto come una focaccia sotto i miei occhi! Spettacolo terribile per chi stava per fare la stessa prova! Perocché noi pure precipitavamo a scavezzacollo, com'era chiaro dal terribile rombar dell'aria, negli svolazzi del paracadute, dilacerato in più parti. Allora io mi tenni perduta al tutto, e saltai colle braccia al collo di Arturo e chiusi gli occhi, aspettando il terribile tonfo, e la morte. Tutto questo era passato in men che nol dica; quando, dopo una forte scossa, intesi levare un altissimo gridio, ed un tuono di acclamazioni allegrissime. Aprii gli occhi, guardai intorno... miracolo!... Eravamo salvi! Quella grande baldoria veniva da una quarantina de' nostri, che ne aveano ivi preceduti negli altri viaggi; era quasi l'intera colonia, che spiava (per l'avviso telegrafico avutone) il nostro arrivo ed era accorsa a recarci soccorso. Difatti conoscendo essi il luogo ove precisamente dovevamo piombare, dietro il chiusino e la palla, n'avevano (com'era lor uso) prontamente spasa e tesa di sotto una gran rete o branda di corde saldissime e su di essa si era spento affatto, e senza danno veruno l'urto della navicella che ne sosteneva sotto al pallone. Non era avvenuto lo stesso ai primi che capitombolarono su que' duri macigni, e n'ebbero più d'uno rotte le gambe, la testa e le costole.

Puoi immaginare la mia contentezza, quando mi vidi co' piedi in terra, o in Luna, a dir meglio! Io la baciava quella cara terra con effusione di affetto, piangeva di tenerezza, e spiccava per la gioia salti maravigliosi, da disgradarne gli acrobati del Circo Olimpico. E non è da maravigliarne; poiché (come appresi bentosto) ivi il mio corpo non pesava più che la sesta parte di quando era sulla Terra, il peso di una bambina poppante! Io mi guardava intorno, io era in un mondo tutto nuovo, era veramente nella Luna, e non credeva ai miei occhi!

Or eccoti uno schizzo delle cose più curiose ed interessanti, che ho veduto io stessa, o raccolto dai nostri conterranei venuti prima di me. Mi lusingo che ti diletteranno molto, né il più dotto astronomo di costà potrà per certo ragguagliartene tanto precisamente e sicuramente, quanto noi che vediamo co' nostri occhi, e tocchiamo le cose con le nostre mani, senza disgregarci la vista con tanti artifizi di lenti e di specchi, e senza romperci la testa con tante astruse conjetture, e tante complicatissime calcolazioni.

Sai già che questo globo ha un diametro di circa 1870 miglia, val dire un po' più del quarto di quel della Terra. E perciò la sua superficie non è che la quattordicesima parte della superficie di questa; ed il suo intero volume la cinquantesima in circa. Sicché la lunghezza del grado, che costà è come sai di 60 miglia, qui nella Luna si riduce solo a poco più di 16; cosa che unita alla leggerezza de' nostri corpi ha permesso di esplorarla da un capo all'altro in pochi anni. Or per dar ordine alle nostre idee divideremo questa descrizione in due parti: nella prima ti parlerò minutamente dell'emisfero visibile da costà giù, nella seconda con la stessa esattezza ti ragguaglierò (ma un'altra volta) delle cose non men portentose dell'altro emisfero.

Bisogna per altro che ti dica alcun che delle condizioni diverse di questi due emisferi, che ne fanno due mondi al tutto diversi. Sai che la Luna nel volgersi in un mese intorno alla Terra, si rivolge pure nello stesso intervallo di tempo intorno a sé stessa; per modo da presentar sempre al suo pianeta centrale la stessa faccia. Or ciò ha fatto sì che il suo sferoide (per l'attrazione della Terra, esercitata sempre nella stessa direzione) si è alquanto allungato verso di questa, ed ha preso la forma ignobile né più né meno di un uovo; prescindendo dalla lievissima depressione ai suoi poli di rotazione, che rispondono molto prossimamente al punto Nord e Sud del suo disco. Ancora, il centro della figura di questo sferoide oblungo, non coincide perfettamente col suo centro di gravità, intorno al quale si son conglobati gli strati della sua materia pesante, ma si trova un quattro o cinque miglia più in là nell'emisfero invisibile, sul prolungamento della linea (il raggio vettore degli astronomi) che congiunge la Luna alla Terra. Per questo tutte le materie flussili, cioè l'aria e le acque, giusta loro specifica gravità, si son disposte ed equilibrate intorno a questo secondo centro; e le parti superficiali dell'emisfero visibile, sporte in su fuori del loro livello, sono rimase prive quasi interamente di acqua e di aria. E questa è quivi tanto rara e sottile, anche rasente il suolo, quanto sulle vette più sublimi delle nostre montagne terrestri. L'acqua poi non trovasi che per caso eccezionale in qualche basso fondo, come specialmente avviene nella bella aiuola del monte di Platone verso il polo nord, che veduta di costà, tanto spicca per la bruna sua tinta, e per la regolarità dell'alpestre suo circolare ricinto. Ivi lussureggia la più magnifica vegetazione: una oasis deliziosa di oltre a 40 miglia di diametro! Fuori di questi punti privilegiati tutto il resto è un arido e spaventevole deserto. La più orrida, la più iperborea regione della Terra, non potrà mai darti l'ombra del vero aspetto di questa trista landa.... il vero *mondo senza gente.*

Difatti qui il suolo è gremito, (massime dal lato Sud, Sud-ovest) di montagne alte fuor di modo ed asprissime, taluna delle quali supera i 22 mila piedi di altezza; sicché avuto riguardo alle relative proporzioni, (quasi, come dicemmo, del quadruplo) la Terra dovrebbe averne di 80 mila piedi, nel mentre sai che le vette più sublimi (nell'Imalaia) appena giungono ai 27 mila! Le valli poi ed i baratri hanno una sproporzione ancor più spaventevole; perocché sulla Terra le loro più profonde depressioni, non van mai sotto del general livello della sua superficie, ch'è quello appunto del mare; perocché se per avventura se n'è formato taluno più profondo negli anteriori cataclismi che hanno trabalzata, e dilacerata la superficiale sua crosta, l'acqua tosto vi è accorsa, ed ha colmato il vuoto, formandovi un mare od un lago.

Laddove qui su tutto sembra rimasto nella originale scabrosità, quando il suolo si consolidava dopo le ultime convulsioni vulcaniche, senza che niente vi abbia potuto mutare l'edace dente del tempo. E non è raro di veder di questi enormi imbuti di bocche ignivome estinte, giungere sotto il livello superficiale a ben sei a settemila piedi di profondità. E chi potrà ridirti l'arditezza de' frastagli, le angolosità delle rupi, la bizzarria di tanti mammelloni di tante creste di tante guglie drittissime, e le profondità delle strette forre come tagliate a picco nella barriera circolare de' monti? Chi specialmente non rimarrebbe attonito nel mirare l'enorme altezza quasi verticale, delle interne pareti di questi gran circhi, superstiti avanzi per certo di crateri di non mai vista ampiezza! Ben vi richiama alla mente questo spettacolo, l'altro che si offre dall'Atrio del Cavallo a chi di là guarda la parte interna (il Monte di Somma) dell'antico cratere del Vesuvio. Ma che è quell'ambito di un paio di miglia appetto a queste aree maravigliose che spesso aggiungono al diametro delle 80 e delle 100 miglia? E che quell'altezza di mille piedi appetto ai 10 ed ai 20 mila cui s'innalzano le creste di quegl'immensi ricinti? Certo le sarebbero cose incredibili se non le vedessimo co' nostri occhi e non ne accertassimo le enormi dimensioni per mezzo degli stromenti!

Considerando per altro le speciali condizioni di questo luogo non è poi gran fatto difficile di darsi in tal qual modo ragione di tanta diversità con la Terra: bisogna in prima aver presente che la minor gravità delle materie ha dovuto ab origine dare alle esplosioni vulcaniche poter maggiore ad elevare le masse de' monti; ed indi questa stessa minor gravità ha permesso a quelle minaccevoli rupi di starsene colà su, sì salde e confitte ai pinacoli di quelle balze, senza precipitare al basso, che ad un di noi sembra come effetto d'incanto. Difatti la tenacità delle proprie parti sarebbe vinta in un subito se fossero trasportate sulla Terra nella positura in cui ora sono: perché qui il basalto, il granito od il porfido, non pesano che quanto costaggiù pesi il sughero. Un'altra cagione ancor più efficace, a quel che dicono, per ingenerare cotali diversità, sta nell'assenza delle meteore: veramente in questo emisfero non piove, non tuona, non grandina, né si ha idea delle nostre furiose tempeste. Sicché la loro azione erosiva e dissolvente non affetta punto i fianchi dei monti e non ne trasporta nelle piene diluviali i detriti, a colmare le cavità delle valli.

Ma non è già che qui manchino ampie pianure comparabili ai LLanos, ed ai Pampas dell'America, al Sara Africano, od alle steppe dell'Asia. Per l'opposto le grandi macchie, che veggonsi anche ad occhio nudo di costà, prese altravolta per mari, si surrogano in fatti ai mari ed agli oceani della Terra; e sono degli spazi di sterminata estensione, il cui monotono livello appena ondulato da lievi rugosità non maggiori de' poggi delle *Murgie* nella pianura delle nostre Puglie, è qui e qua interrotto da qualche isolato cono vulcanico, o sollevato dal suolo a guisa del picco di Teneriffa, ovvero sprofondato sotto di esso a guisa di enorme pozzo del quale non v'ha sulla Terra l'esempio. Sarebbe come a dire se i flutti dell'Atlantico che intercede tra l'Europa e gli Stati Uniti di America, venissero una volta a consolidarsi nel momento d'una furiosa tempesta.

Queste brune pianure occupano buona parte di questo emisfero massime dalla banda di settentrione levante, ove il *Mare nubium,* congiungendosi all'*Oceanus procellarum* e questo al *Mare Imbrium,* si estendono nel verso delle longitudini per quasi 1000 m. e nelle latitudini vanno oltre del doppio. Questo è propriamente a considerarsi come il livello generale del pianeta, sul quale si ergono i bianchi monti col solito tipo circolare già menzionato. Questa forma caratteristica si scorge anzi anche nel contorno di queste immense pianure, altravolta forse vero letto del mare, come i polders de' Paesi-Bassi: vedesi di ciò un bell'esempio nel *Sinus Iridum* nel quale la parte del cerchio montuoso che forma la sua asprissima costa, cessa al tutto ove questo basso fondo si congiunge con l'altro più aperto del Mare Imbrium, come se quivi fosse crollato ed assorto prima che l'attual crosta si solidasse. Insomma nella formazione de' terreni nella Luna si vede predominare l'azione vulcanica a crateri autonomi e distinti, che spesso poi si sono succeduti ed innestati tra loro, ed anche in parte distrutti. Laddove nella Terra l'azione plutonica è stata predominante, e colle sue tremende convulsioni ha dilacerata la sua crosta, ha sollevato i continenti, e gli ha solcati di enormi catene longitudinali di monti, i più alti de' quali sogliono occupare il loro mezzo, come mostran le Ande in America, le Alpi in Europa, i Monti della Luna in Affrica, e le Imalaia, l'Indo-cush ecc. nell'Asia. Nella Luna una sola giogaia, quella detta delli Appennini all'opposto margine Occidentale del Mare Imbrium, corre per lo lungo un paio di centinaia di miglia, ed ha una spiccata somiglianza con le catene terrestri. Ma qui pure è da notare che il lato più dirupato e precipite è quello che guarda la pianura, cioè il detto Mare Imbrium, e perciò il gran cratere, o i crateri che la compongono, dovevano cingere nel loro interno la pianura medesima. Sicché anche qui riscontrasi che queste alte cime (una di esse, Ugenio, giunge a quasi 17 m. piedi di altezza) trovansi prossime alla pianura. Lo stesso ha luogo dall'altro lato nella giogaia arcuata del Sinus Iridum, ove un di que' culmini si eleva a 14 m. p. di altezza; ed un suo capo, una specie di promontorio (il Laplace) che si eleva a 9 m.

piedi di altezza, sovrasta a picco sulla pianura. A buon conto nella Terra le montagne e le terre sono uscite per sollevamento dal seno del mare, e nella Luna i mari (ora asciutti) si sono formati in seno delle terre e delle montagne.

Un'altra antitesi è pur notabile ne' monti della Luna rispetto a que' della Terra: i più alti di questa veggonsi in preferenza verso le basse latitudini, né si avanzano guari verso i poli oltre i 45°; laddove che i più alti monti nella Luna trovansi verso i suoi poli, massimo intorno all'australe: ove Curzio, Casati, Newton ecc. si ergono a prodigiosa altezza; aggiungendo quest'ultimo ai 22360 piedi.

A che dovrà attribuirsi questa particolarità? Ma tu non maraviglierai certo se i selenologi di qua su non ne abbiano ancora in sì breve tempo scoperto la causa, posciaché i geologi di costà non peranco possono dar ragione della opposta particolarità sulla Terra, che pur esplorano da tanti secoli.

Ora tu attenderai certamente da me la spiegazione dell'altro fenomeno tanto appariscente costà giù al punto del plenilunio, cioè i lunghi sprazzi bianchi splendenti, che irraggiansi dai principali crateri di questi monti, Aristarco, Keplero, Copernico e sopratutto Ticone. Ma in verità sono costretta a confessarti, che desso è tuttavia un enimma per gli osservatori della Luna, come per que' della Terra. Il certo è che non sono mica monti, come credeva Schröter, né correnti di lava come opinava il 1.° Herschel, e molto meno nubi o riviere o strade, com'era venuto in testa a degli altri.

È vero che i monti son tutti più lucidi delle pianure (e ciò proviene dall'esser le rocce di quelli rimase nella originaria nudità mentre queste si sono ricoperte d'alquanto terriccio, e d'una stentata vegetazione di licheni e di muschi). Ma queste curiose liste veggonsi attraversare i piani, sempre egualmente splendenti senza che il loro livello ivi sia rilevato per niente: come specialmente ammirasi in quella chiarissima, che partendo da Menelao passa per Bessel e corre quasi per l'intero *Mare Serenitatis*. In somma esse hanno il candore de' monti ma non sono monti. Sono de' terreni per loro propria natura bianchi, leuciti, calce carbonata o solfata ecc., come vediamo pur nel nostro Vesuvio (nel fosso Bianco) e nella Solfatara verso il lago di Agnano. Ma il più difficile, la loro morfologia radiata, rimane tuttavia a spiegarsi. Sembra che ciò si annetta veramente (come avevan pensato Mädler e Nashmidt) alla originale formazione della crosta del pianeta, la quale si è screpolata intorno a que' monti, pel loro sollevamento; ed i vapori solfurei e salini scappati fuori da quelle enormi ragade, hanno in tutta la loro lunghezza metamorfato il suolo sovrastante che n'ha preso quel color bianco. Di fatti queste liste intorno a Ticone veggonsi estendersi a smisurate distanze, ed abbracciar gran parte di tutto il globo; incrociandosi intorno a quel centro, in forma di cerchi massimi, come tante costole d'un cocomero, intorno alla piazzetta umbilicale del gambo.

Ma fine oramai a questa lunga filatessa: io dimenticavo di parlare ad un'abitatrice della Terra, per la quale cosiffatte dotte minuzie non hanno al certo lo stesso interesse che per una lunatica. Passo dunque, ed ho finito, a darti in due parole ragguaglio del rimanente del viaggio, che certamente attenderai con la curiosità, ereditata da noi altre donne, dalla prima madre. Noi eravamo piombati avventuratamente ne' piani del Mare Imbrium, non molto distante dalla cerchia di Platone; onde per giungere all'emisfero opposto (l'invisibile dalla Terra, e meta sospirata del nostro viaggio) salimmo la navicella dell'Areostato e profittando d'una corrente, che ne secondava ottimamente, c'imboccammo nell'ampio seno che si apre nella catena delle *Alpi,* la quale separa i piani del detto mare dagli altri del *Mare Frigoris;* ove passammo attraverso la foce rettilinea (larga solo un quattro o cinque miglia e lunga oltre le 80) detta dagli astronomi di costà *il muro di Herschel,* per la sua mirabile regolarità. Questo sbiettare tra le montagne, quantunque in un viaggio aereo, è qui necessitato dalla poca densità dell'aria, che non consente all'aerostato di alzarsi su gli alti gioghi de' monti, ma convien rasentare il suolo, all'altezza di 4 o 5 cento piedi, e schivare gli ostacoli che appena superino il campanile di Strasburgo o le piramidi di Egitto.

Ma che erano cotali lievissime difficoltà per noi che ne avevamo superate di cotanto aspre e terribili? Percorremmo dunque in tal modo circa 500 miglia, in meno di un giorno; e passando a veggente delle stupende cime della cerchia di *Endimione,* taluna delle quali giunge ai 15700 piedi di altezza, penetrammo finalmente nel bacino del *Mare Humboldianum,* che di costà vedesi all'estremo lembo del disco Lunare, e che già partecipa delle felici condizioni dell'altro emisfero invisibile, ove abbonda e l'aria e l'acqua, ed ogni altra cosa per noi necessaria al vivere, una vera terra promessa!... Ma di ciò ad un'altra volta, contentandomi ora di ripetere *mirabilia magna!*

La tua affettuosa Urania

Printed in Great Britain
by Amazon